AF313071

LA CLEF

DES

SCIENCES ET DES ARTS,

OU

La Lecture & l'Écriture,

Épîtres à Jules.

PAR F. M. H......T.

———⁂———

IMPRIMERIE DE DONDEY-DUPRÉ.

A PARIS,

CHEZ
{
ALEX. JOHANNEAU, libraire, rue du Coq Saint-Honoré, N°. 8 (bis);

LEROND, libraire, Palais-Royal, galerie de bois, rangée du côté du Jardin, N°. 250.
}

1821.

LA LECTURE.

L'ART DE LIRE,

Épître à Jules.

Vers les sommets brillans de la littérature,
Jules, tu viens de faire, à cinq ans, un grand pas :
Déjà de l' A , du B , tu connais la figure ,
    Déjà, d'une voix ferme et sûre ,
    Tu déchiffres, de haut en bas ,
    La bisarre nomenclature
Des signes variés qui forment l'Écriture ;
Et tel, avec des X , dont l'algèbre fait cas ,
Du Cercle, en tâtonnant, poursuit la quadrature
Qui peut-être sur l' X ne t'en montrerait pas.

Pourtant *b* , *d* , *p* , *q* , fallacieuse engeance ,
Avec leur jambe à droite, à gauche, en bas, en haut ,
    Semblent encor d'intelligence ,
Pour mettre quelquefois ton savoir en défaut ;
    Sur un faux air de ressemblance ,
Tu me prends ces gens-là pour des frères jumeaux :

Observe-les de près, ces Ménechmes nouveaux,
  Entre eux bientôt l'expérience
T'aura fait découvrir assez de différence,
Pour t'épargner l'affront des méchans quiproquos.

  Ainsi, Jules, qu'il te souvienne
Qu'*Hébé*, dont il te plait d'estropier le nom,
Plut au maître des Dieux, et fut son échanson :
Dès que tu lis *Hédé*, la déité payenne,
  Fille de la fière Junon,
  N'est plus qu'un honnête mitron
  De Sa Majesté très-chrétienne ;
  Et, quoique l'emploi soit fort bon,
L'Immortelle, entre nous, perd quelque chose au change,
Si c'est perdre, pourtant, que servir un Bourbon ;
C'est toujours, de ta part, une bévue étrange
De métamorphoser une fille en garçon.

  Par bonheur on ne te voit guères
  Broncher en timide écolier,
Sur le signalement des autres caractères,
  Et l'exercice journalier
Qui te rend leur commerce encor plus familier,
T'ouvre ainsi par degrés, aux syllabes entières,
Et de là jusqu'aux mots, un facile sentier.

Où finit l'alphabet le *BEABA* commence,
Sol ingrat, sol maudit, que défriche l'enfance,
  En le détrempant de ses pleurs ;
Ou plutôt, sol fécond et mine de science ,

Pour qui sait en fouiller toutes les profondeurs.
Hâtons-nous d'exploiter avec persévérance
  Le domaine du *BÉABA*,
  Et comptons avec assurance
  Sur un produit qui couvrira
  De nos soins la légère avance.
Le Roi, tout Roi qu'il est, a commencé par là.

Mais, la touche à la main, brûlant d'impatience,
  Comme un preux qui brandit sa lance,
Tu veux voir l'ennemi de près? Tiens, le voilà.
Allons, épelle..... Bien!.... Courage! C'est cela.
  Ma foi, je commence à le croire,
Jamais monsieur Jourdain (1), de comique mémoire,
  De cette force n'épela.
Observe cependant qu'il ne faudra plus dire
  Ni ca, *sa*, ni ga, *ja*,
  Et qu'à tes dépens tu fais rire,
En lisant *Janimède*, ou bien *Jarjantua*.

Je ne veux point ici t'embrouiller la cervelle
  D'un vain fatras de notions
  Sur la consonne et la voyelle,
  Sur leurs diverses fonctions :
  A ton âge l'esprit rebelle
  Goûte peu les abstractions;
  Aussi bien, alors qu'on épelle,
L'on apprend et la règle et les exceptions.
  Jusques-là, l'importante affaire

(1) Personnage principal de la Comédie du Bourgeois-Gentilhomme.

Est pour toi d'apprendre par cœur
Le livret des enfans, la charte abécédaire,
Pour te voir, avant peu, paisible possesseur
      De cette clef de la grammaire ;
Mais cela toutefois ne fait pas le lecteur ;
      Et ta marche déconcertée,
      Malgré tes efforts impuissans,
      Se verra tout court arrêtée,
Si tu n'es, comme on dit, ferré sur les accens.
Sitôt qu'une voyelle en est étiquetée,
Voilà le mot qui change et de son et de sens ;
Ainsi *Prote* et *Protét* diffèrent de *Protée*.

Des accens, mon ami, connais donc le pouvoir :
Ici le circonflexe, et là l'aigu s'applique ;
C'est le grave qu'ailleurs la règle revendique.
      La voyelle n'est qu'un point noir,
      Comme la note de musique ;
      C'est l'accent qui la fait valoir.
Un peu de théorie et beaucoup de pratique
T'apprendront, là-dessus, tout ce qu'il faut savoir.

      Le tems est encor loin, sans doute,
Où, las du rôle obscur de muet auditeur,
Et pressé d'obtenir un cercle qui t'écoute,
Des succès de salon tu brigueras l'honneur ;
Mais de lire en public, s'il te prend fantaisie,
      Songe, en débutant, je te prie,
Qu'un double écueil attend cette témérité :
      La contenance trop hardie

Touche, d'un peu trop près, à la fatuité,
     Et l'excès de timidité
N'est, tout en se parant du nom de modestie,
     Qu'une excessive vanité.

Je n'aime ni le ton d'un pédant encroûté,
     Qui nazillonne et psalmodie,
     Ni la suffisance étourdie,
     L'air tranchant d'un jeune éventé,
     Dont l'organe faux ou flûté,
Au lieu d'articuler, grasseye et balbutie.
Je veux que le lecteur de bonne compagnie
Prononce nettement, lise avec fermeté,
Sans déclamation et sans monotonie.

Pour un riche client, devant le tribunal,
Qu'en plaidant avec feu, maître Chauveau (1) s'enroue,
Thémis n'ordonne pas qu'il soit impartial ;
L'avocat ne lit point, c'est un acteur qui joue ;
Son rôle est d'émouvoir, il le remplirait mal,
Si ces beaux mouvemens, qu'on admire et qu'on loue,
Se changeaient en débit traînant et glacial.
     Mais le gros bon sens désavoue
L'emphatique chaleur d'un sot original,
     Qui vous déclame le journal,
Comme un piètre écolier déclame Bourdaloue.
Hélas ! naguère encor, mon ami, pour t'ouvrir
Aux éclatans succès une voie abrégée,

(1) M. Chauveau de la Garde, avocat très-distingué.

Je pouvais, sans plus discourir,
Te conseiller de voir et d'entendre Vigée (1) :
Il n'est plus....... écartons un triste souvenir,
Qui fait couler les pleurs de ma muse affligée.
Je ne sais, mais, au fond du cœur,
Certain pressentiment flatteur,
Puisse-t-il n'être pas un indice frivole !
Me dit que quelque jour tu me feras honneur ;
Car il n'est pas besoin d'être aussi grand docteur
Qu'un Beauchâteau (2), qu'un Mirandole (3),
Pour briller aujourd'hui sur les bancs de l'école.
Au moins, d'un vol hardi, tu t'élances déjà
Assez loin de cette humble classe
D'imbécilles marmots ne sachant pas dire A,
Qui n'osent regarder le moindre livre en face,
Qu'on bourre de gâteaux, comme l'enseigne Horace,
Elementa velint ut discere prima (4).

Chaque soir, il est vrai, d'une voix suppliante,
Tu vas encor quêtant une histoire amusante ;
Mais si, pour l'obtenir, il te faut aujourd'hui
Cajoler jusqu'à la servante,

(1) Lecteur du Roi.

(2) Beauchâteau, fils d'un comédien, donna, à l'âge de douze ans, un recueil de ses poésies ; le Cardinal Mazarin et le Chancelier Séguier se faisaient un plaisir d'exercer l'esprit de cet enfant.

(3) Le comte Pic de la Mirandole savait, dit-on, vingt-deux langues à dix-huit ans ; à vingt-quatre, il s'offrit de soutenir des thèses sur tous les objets des connaissances humaines, de *omni re scibili.*

(4) Hor. Sat. 1, lib. I.

Encore quelques mois d'une étude constante,
Et tu vas t'affranchir des caprices d'autrui.

Des plaisirs délicats la lecture est la source :
Heureux qui, dès l'enfance, a su contre l'ennui
    S'en faire une utile ressource !
Les heures couleront rapidement pour lui.
La lecture console, instruit l'homme à tout âge,
Excite et satisfait sa curiosité :
      Elle exerce l'ame du sage
      A subir avec dignité
Les chances du bonheur et de l'adversité.

Qui veut beaucoup savoir s'engage à beaucoup lire.
      Mais, sans l'art de lire avec fruit,
      Qu'est-ce qu'un livre ? Il faut le dire,
      C'est l'éclair qui brille et qui fuit.
      Celui qui s'est fait de l'étude
      Une longue et douce habitude,
S'attache étroitement à la société
      De la savante antiquité,
Et de son cabinet, dans Rome ou dans Athènes,
      Par enchantement transporté,
      Il dîne et soupe en liberté,
      Avec Horace ou Démosthènes.
C'est ainsi qu'en tout tems, sans frais et sans danger,
Le lecteur curieux se plaît à voyager.
      Dans le dédale de l'Histoire,
      Entreprend-il de s'engager ?
Les faits viennent, sans peine, en ordre se ranger

Dans le dépôt de sa mémoire,
Pour l'orner, l'enrichir, non pour la surcharger.

Sur ce point, comme en tout, il faut de la mesure;
    Entre le trop et le trop peu,
Le lecteur prévoyant garde un sage milieu.
On ne le verra point, lisant à l'aventure
De lourds in-folio, d'éphémères pamphlets,
    Courir, comme tels que je sais,
    Après la gloriole obscure
De dépêcher, par jour, plus ou moins de feuillets;
    Ni, surtout, décider jamais,
Sur le titre d'un livre, ou sur la couverture,
    Que l'ouvrage est bon ou mauvais.
Il sait qu'il faut toujours un peu de nourriture,
    Même à l'esprit le plus frugal;
De même que le corps, c'est la loi de nature,
    Fait bonne ou méchante figure,
Suivant que l'estomac se nourrit bien ou mal.
    Dans le sentier de la science,
Si tu veux faire, enfin, de solides progrès,
Il faut des bons écrits commencer, dès l'enfance,
    A t'approprier la substance,
Par d'innocens larcins et d'utiles extraits.

Dois-je fixer ici le choix de tes lectures?
J'interroge ton goût, et ce choix est tout fait.
Tu n'as, jusqu'à ce jour, pris un vif intérêt
Qu'aux récits merveilleux d'étranges aventures;
C'est le fier Barbe-Bleue, ou le petit Poucet,

Ou l'humble Cendrillon, qui, des lecteurs novices,
     Font, comme l'on sait, les délices;
Hé bien, soit ; lis Perrault, puisque Perrault te plaît.
Qu'importe le foyer d'où nous vient la lumière,
     Ou l'agent qui nous la transmet,
Pourvu qu'au fond de l'œil elle arrive en effet ?
     Poursuis-donc, Jules, ta carrière,
Voilà la lice ouverte, et ton début promet.

L'ÉCRITURE.

L'ART D'ÉCRIRE,

Épître à Jules.

———

J'IGNORE à quel emploi le hasard, la prudence,
    Ton choix, ou la nécessité,
    Doivent, dans ta maturité,
Jule, enchaîner l'essor de ton indépendance :
    Robe, église, épée ou finance,
Tout a son bel aspect et son méchant côté ;
    Mais, chez l'Étranger comme en France,
Il n'est rang, dignité, titre, emploi, qui dispense
D'exprimer, par écrit, d'honnêtes sentimens,
Ou de transmettre, au loin, par la correspondance,
Aux amis, aux parens, dont nous pleurons l'absence,
Le fidèle tribut de nos épanchemens.
    C'est peu d'avoir appris à lire,

C'est peu de s'enrichir l'esprit
De ce que d'autres ont écrit :
On est barbare encor, si l'on ne sait écrire.
Une voix secrète nous dit,
Que, si des lumières des autres
Nous avons fait notre profit,
Nous sommes comptables des nôtres :
Échange et réciprocité,
Sont les premiers liens de la société.

Traduisons pour les yeux les sons faits pour l'oreille,
Et, puisqu'un bec de plume a la propriété
De produire cette merveille,
Au moins, par curiosité,
Cédons au noble instinct qui tout bas nous conseille
D'essayer ce grand Art par Cadmus inventé,
Et ne ressemblons pas au Suisse du Musée,
Qui végète entouré des plus rares tableaux,
Sans que sa lourde main, étrangère aux pinceaux,
D'y toucher se soit avisée.
Allons ; à cette table il faut d'abord t'asseoir :
Prends-moi ce gros Danet (1), pour exhausser ta chaise ;
L'air de gêne est partout désagréable à voir ;
Le bras ne peut, d'ailleurs, librement se mouvoir,
Qu'autant que le corps est à l'aise.

Hé bien donc, te voilà barbouillant du papier :
L'encre jaillit au loin sous ta main libérale ;

____

(1) Auteur d'un Dictionnaire français-latin.

Ta plume, que j'entends crier,
Me festonne des *I* de longueur inégale,
Escortés de grands *O* sans contour régulier,
Et le tout, dédaignant la ligne horizontale,
Va tantôt à la cave et tantôt au grenier,
Digne d'aller plus tard tapisser à la halle
    Les corbeilles du grainetier.
    Hé quoi, c'est là de l'écriture?
Non vraiment; ce n'en est que la caricature.
De tous ces traits divers les uns massifs et lourds,
    Empreints d'encre à deux ou trois couches,
Semblent, s'il faut le dire, autant de pattes d'ours;
Les autres, grêles, secs, sont ce qu'on a toujours
    Nommé, chez nous, des pieds de mouches.

Mais des règles de l'art, avec impunité,
Si l'on peut, à cinq ans, fronder l'autorité,
Tu ne pourras bientôt la décliner sans honte.
Pour peu que ta pensée en arrière remonte,
Vois, dans le cours d'un lustre à peine révolu,
Quel chemin ta raison a déjà parcouru;
    Telle est sa marche et vive et prompte,
Que tu sais aujourd'hui la valeur d'un écu,
Quand des doigts de ta main tu ne faisais le compte,
    L'an passé, que par aperçu;
    D'où tu peux, à bon droit, conclure
Que chaque année ajoute à tes premiers progrès,
Que ta petite main, en devenant plus sûre,
Saura substituer à de grossiers essais,

Des dessins plus corrects, et de plus heureux traits :
Le tems achèvera l'œuvre de la culture.

Utile sentinelle et messager discret,
L'imposant télégraphe, en agitant ses ailes,
Sans bruit du haut des airs porte au loin les nouvelles,
Dont son rapide essor double encor l'intérêt.
Toutefois, plus borné que le moindre billet,
Le postillon de Chappe (1), au prix de l'Écriture,
     N'est, soit dit sans lui faire injure,
Qu'un facteur écloppé, qu'un courrier sourd-muet.
La plume, agent plus simple, instrument plus parfait,
Sans ce grave appareil d'une vaste envergure,
Promet moins à la vue, et produit plus d'effet ;
Et tel, jeune, ignorant, gauchement la manie,
Confondu dans la foule, entre mille rivaux,
Qui, par elle, prélude aux plus nobles travaux,
Et s'exerce de loin aux œuvres du génie.

Heureux qui s'est long-tems d'avance étudié
     A tracer, d'une main adroite,
     Et la ligne courbe et la droite,
     Et le plein et le délié !
Aux mystères de l'art il est initié.

Veux-tu que je t'enseigne une manière aisée,
Un moyen sûr et prompt, d'être lu couramment ?

(1) Inventeur et administrateur des lignes télégraphiques.

Crois-moi, n'écris qu'à main posée :
Non que, dans cet état, la main paralysée
　　Reste inerte et sans mouvement ;
Mais, sagement rebelle aux conseils du caprice,
Qui des lettres de luxe enfante l'artifice,
Sur les deux derniers doigts elle pose humblement,
Et, tandis qu'elle marche, ou plutôt qu'elle glisse,
　　Trois autres doigts en exercice,
Allongés et fléchis alternativement,
　　Maîtres du léger instrument,
En dirigent l'usage et règlent le service.

C'est ainsi, mon ami, que des faux ornemens
Tu mettras à l'écart la pompe puérile ;
Si l'art des Rossignol (1) admet les agrémens,
Il ne les admet point aux dépens de l'utile.
　　Les tours de force ambitieux
　　D'un virtuose en Écriture
Ne peuvent que distraire un lecteur studieux,
　　Et son esprit à jeun murmure
Des frais, qu'en pure perte on a faits pour ses yeux.

　　Ce n'est point à toi, mon cher Jules ,
　　Que l'on reprochera jamais
　　Cette intempérance de traits
　　Parasites et ridicules ;
Tu ne donneras point dans ce genre d'excès,

____

(1) Célèbre maître d'Écriture.

Toi qui, loin d'agrandir le champ des Majuscules,
Leur voudrais de ta page interdire l'accès.
De la sévérité c'est passer la mesure.
Qu'on s'abstienne d'écrire en variations,
C'est assez ; mais du goût crains d'outrer la censure,
Et ne prends pas conseil de tes préventions ;
Souffre des ornemens que l'usage autorise,
  Sans t'imaginer qu'il suffise
  De se noircir toute la main,
Pour se donner les airs d'un habile Écrivain.
  Surtout il n'est pas nécessaire
Qu'en pesant sur la plume, on la réduise à faire
Les fonctions du soc qui fouille le terrain ;
C'est là le grand travers qu'on reproche à l'enfance :
La plume, entre ses doigts transformée en burin,
Entame du papier la légère substance,
Et semble guillocher une plaque d'airain.
Ton faible est trop de force, il y faut mettre un frein.

  Sans doute, il n'est, dans la nature,
Rien de plus varié que le corps d'Écriture ;
Et, malgré l'unité des principes de l'art,
  Chaque écrivain a son allure,
  Un tour propre, un cachet à part.
  Ne va pourtant pas en conclure
  Avec certain original,
Que quelques traits, par moi jetés à l'aventure,
  Soient l'esquisse fidèle et sûre
  De mon tempérament moral.

C'est aux Lavater, c'est aux Gall
De deviner le fond de notre caractère,
L'un, en mesurant l'arc de l'angle facial,
L'autre, en pressant avec mystère
Les tubérosités de l'os occipital.

L'Écriture n'a point cette vertu secrète.
De mes affections confidente discrète,
Ma plume indiquera si j'écris bien ou mal;
Mais, sur mon caractère, honnête ou déloyal,
Elle sera toujours muette,
Et juger sur la foi d'un pareil truchement,
C'est juger fort légèrement.
Apprends qu'il est, eu *Ronde*, en *Coulée*, en *Bâtarde*,
Mille écueils dangereux dont il faut qu'on se garde :
Je t'en veux signaler ici les principaux.
Sans donc parler d'écrire *ou trop fin, ou trop gros*,
N'est-ce pas des travers le plus déraisonnable,
D'affecter d'être indéchiffrable ?
L'un détache au hasard, ou joint mal à propos
Toutes ses lettres et ses mots;
Cet autre, infatué d'un mépris ridicule
Pour l'accent, le point, la virgule,
Toujours fait l'empressé, toujours court au galop;
Tel me va mettre, sans scrupule,
Une lettre de moins, tel autre une de trop.
Celui-ci ne se croit jamais assez au large;
Il faut voir, en signant, comme il prend ses ébats,
Et comme il a regret que l'on ne puisse pas

Étendre le paraphe au-delà de la marge :
Tel qui se croit hardi n'écrit qu'à tour de bras.

A contre-sens ici les lettres inclinées,
        Frondent la règle ouvertement;
Là, l'encre et la poussière, ensemble combinées,
        Offrent, sous un épais ciment,
Des lettres en relief, qui, pesamment tournées,
Pour l'institut d'Haüy (1) paraissent destinées,
Et qu'à défaut de l'œil, le doigt lit aisément.

Mais moi, qui fais ici des autres la satire,
J'ai beau, le dos courbé, faire, en fat qui s'admire,
De la bouche et des yeux mainte contorsion,
        Je ne tarde guère à me dire,
        Confus de ma présomption,
        Que c'est beaucoup qu'on puisse lire
        Ma chétive expédition.
        Tant il est vrai qu'il est peu sage
De faire trop de fonds sur son propre suffrage,
        Et qu'il n'est si mince écrivain,
Qui de son grand talent ne soit toujours trop vain !

Aspire à des succès que nul ne te conteste,
A devenir habile, en demeurant modeste;
Et grave en ton esprit ce principe certain :
        Que le talent sans modestie

____

(1) Ancien directeur de l'institution des aveugles travailleurs.

Ressemble à l'or sans garantie ;
Souviens-toi, mon cher Jule , enfin ,
Qu'après l'heureux don du génie ,
D'une raison solide et d'un jugement sain ,
C'est un lot digne encor d'envie ,
Que celui d'une belle main.